8° Z 15709 (VIII,15)

Paris
1907

Garnier, Charles-Marie

*Les sonnets de Shakespeare. Essai d'une
interprétation en vers français*

QUINZIÈME CAHIER, CAHIER DE PAQUES
DE LA HUITIÈME SÉRIE

CHARLES-MARIE GARNIER

les sonnets de Shakespeare

ESSAI D'UNE INTERPRÉTATION EN VERS FRANÇAIS. — II

CAHIERS DE LA QUINZAINE

paraissant seize fois par an

PARIS

8, rue de la Sorbonne, au rez-de-chaussée

*Nous avons publié dans nos éditions antérieures et
dans nos cinq premières séries, 1900-1904, un si
grand nombre de documents, de textes formant dossiers, de renseignements et de commentaires ; — un
si grand nombre de cahiers de lettres, — nouvelles,
romans, drames, dialogues, poëmes et contes ; — un
si grand nombre de cahiers d'histoire et de philosophie ; et ces documents, renseignements, textes,
dossiers et commentaires, ces cahiers de lettres,
d'histoire et de philosophie étaient si considérables
que nous ne pouvons pas songer à en donner ici
l'énoncé même le plus succinct ; pour savoir ce qui a
paru dans les cinq premières séries des cahiers, il
suffit d'envoyer un mandat de cinq francs à M. André
Bourgeois, administrateur des cahiers, 8, rue de la Sorbonne, rez-de-chaussée, Paris, cinquième arrondissement ; on recevra en retour le catalogue analytique
sommaire, 1900-1904, de nos cinq premières séries.*

*Ce catalogue a été justement établi pour donner,
autant qu'il se pouvait, une image en bref, un raccourci,
une idée, abrégée, mais complète, de nos éditions antérieures et de nos cinq premières séries ; tout y est classé
dans l'ordre ; il suffit de le lire pour trouver, à leur
place, les références demandées.*

*Ce catalogue, in-18 grand jésus, forme un cahier
très épais de XII+408 pages très denses, marqué cinq*

francs ; ce cahier comptait comme premier cahier de la sixième série et nos abonnés l'ont reçu à sa date, le 2 octobre 1904, comme premier cahier de la sixième série ; toute personne qui jusqu'au 31 décembre 1905 s'abonnait rétrospectivement à la sixième série le recevait, par le fait même de son abonnement, en tête de la série ; nous l'envoyons contre un mandat de cinq francs à toute personne qui nous en fait la demande.

Pour la septième série, année ouvrière 1905-1906, et en attendant que paraisse le catalogue analytique sommaire *de nos deuxièmes cinq séries, 1904-1909, on peut consulter, — provisoirement, — la petite* table analytique très sommaire *que nous en avons établie et que nous avons publiée en fin du premier cahier de la huitième série.*

Pour amorcer tout travail que l'on aurait à commencer dans notre premier catalogue analytique sommaire, *consulter le* petit index alphabétique provisoire *que nous avons établi automatiquement de ce* catalogue analytique sommaire *dans l'index total de nos éditions antérieures et de nos sept premières séries, même premier cahier de la huitième série.*

les sonnets de Shakespeare

ESSAI

D'UNE INTERPRÉTATION.

EN VERS FRANÇAIS

à l'interprète de Wordsworth,

ÉMILE LEGOUIS

de la Sorbonne

qui m'a montré l'exemple
et m'a donné l'audace

Charles-Marie Garnier

DU MÊME AUTEUR

à la *librairie des cahiers*

Revue de Métaphysique et de Morale, mai 1903 :
Le Nirvana de Lafcadio Hearn (traduction);

Revue pédagogique, avril 1902 :
L'enseignement aux Iles Hawaï;

Revue pédagogique, décembre 1904 :
Charles Dickens, auteur de Contes de Noël;

Revue internationale de l'enseignement, septembre 1902 :
Notre devoir intellectuel en Indo-Chine;

Revue germanique, janvier 1905 :
Les « Sonnets élisabéthains » de Sidney Lee;

Autour du Monde, Félix Alcan, 1904 :
Les Américains aux Philippines, pages 172-205.

DU MÊME AUTEUR

aux Cahiers de la Quinzaine

Le présent *petit index* donne automatiquement pour tout volume et pour tout cahier indiqué :

a) le numéro d'ordre de ce cahier dans le classement général de nos collections complètes, le numéro d'ordre de la série étant naturellement composé en grandes capitales de romain et le numéro d'ordre du cahier lui-même, dans la série ainsi déterminée, en chiffres arabes, de sorte que *V-17* par exemple doit évidemment se lire *dix-septième cahier de la cinquième série ;*

b) la date du *bon à tirer*, ou, à son défaut, la date du *fini d'imprimer*, ou, à son défaut, la date du cahier même;

c) le prix actuel;

d) quand il y a lieu, c'est-à-dire pour nos éditions antérieures et pour nos cinq premières séries, la page du *catalogue analytique sommaire* où ce cahier se trouve catalogué.

Charles-Marie Garnier, — *les sonnets de Shakespeare,* — essai d'une interprétation en vers français, — *premier cahier* (VIII-7, *mardi 18 décembre 1906*....... **deux francs**

Note du gérant. — *De ce petit index il résulte que la présente interprétation paraît en deux cahiers. Comme on peut le voir ci-après, non seulement les sonnets, mais les pages de ces deux cahiers sont numérotées en une seule suite. Un des principaux avantages de cette méthode est de simplifier les citations et références. Une personne dès lors qui veut citer cette interprétation n'a plus qu'à indiquer le nom, le titre et la page. Elle n'a point à indiquer le cahier, qui résulte automatiquement du numéro de la page.*

SHAKESPEARES

COMEDIES,
HISTORIES, &
TRAGEDIES.

Published according to the True Originall Copies.

LONDON
Printed by Isaac Iaggard, and Ed. Blount. 1623.

Portrait de Shakespeare gravé
par Martin Droeshout, figurant en
tête du folio de 1623, la seule
image du poète pour laquelle nous
ayons la garantie d'un témoignage
contemporain. (1) Fac simile du
frontispice.

(1) Nous devons ce cliché à la
courtoisie et à l'extrême obligeance
de M. Sidney Lee, auteur de la plus
récente *Vie de Shakespeare*, et de
MM. Smith Elder et Compagnie,
ses éditeurs, 15, Waterloo Place,
Londres. Le portrait donné dans
le premier cahier de ces sonnets
était celui de Cornelius Jansen,
dont l'original figure dans la galerie
du duc de Somerset.

LXXV

Vous êtes à mon cœur comme les mets au corps
Ou l'averse d'avril à la terre embaumée;
Pour vous goûter en paix, je bande mon effort
Comme un avare en guerre avec sa fauve armée.

Tantôt j'ai la fierté des calmes jouissances,
Tantôt je crains le rapt d'un siècle sans honneur;
Je vous aime en secret, et parfois ma souffrance
Veut que le monde entier contemple mon bonheur.

Enivré de ces yeux profonds où je me noie,
Mourant du fort désir de vos regards très doux,
Je ne possède ou ne poursuis aucune joie
Que celle qui m'est née ou me naîtra de vous.

Rassasié d'amour ou languissant encore,
Je souffre la famine ou tout mon bien dévore.

LXXVI

Mon vers est dénué de parure orgueilleuse
Et fuit les nouveautés et les subtils détours.
Je ne recherche point les rimes batailleuses
Ni l'étrange ramas des modernes atours.

A mes pensers nouveaux laissant le vieux costume,
J'écris toujours de même, et mon vers cristallin
Trahit avec mon nom le maître de ma plume
En révélant sa source et son val souterrain.

C'est que l'amour et vous, vous êtes mes deux muses;
C'est que, mon doux ami, je m'inspire de vous;
Je rhabille des mots que jamais le Temps n'use,
Et ce que j'ai cousu toujours je le recouds.

Jeune et vieux, à chaque aube, émerge le soleil : —
En chaque vers l'Amour rechante un chant pareil.

LXXVII

Ton miroir te dira que ta beauté s'effrite,
Et ton cadran qu'il passe et fuit le temps vital :
Jette à ces feuillets blancs ce que ton cœur médite ;
Par eux tu goûteras un savoir idéal.

Vois : les rides que montre une glace sincère
Évoquent des tombeaux béants et solennels ;
Vois : furtive, tu suis à l'horloge solaire
L'ombre du Temps qui glisse à son but éternel.

Confie à ces feuillets tout ce que ta mémoire
Ne saurait conserver : ces fils de ton cerveau,
Ainsi gardés, te rediront ta propre histoire,
En promenant en toi de lumineux flambeaux.

Relus, ces souvenirs enrichiront ton âme :
Elle en distillera le meilleur des dictames.

LXXVIII

Comme à mon Apollon je te fis ma prière
Et reçus en retour un secours si puissant
Que ma plume entraîna mainte plume étrangère
A répandre à tes pieds ses vers et son encens.

Tes yeux, où le Muet puise un verbe de fête,
Où la lourde Ignorance apprend l'essor des cieux,
Arment de pennes d'or les ailes des poètes
Et donnent à la Grâce un vol majestueux.

Pourtant, sois surtout fier du miel que je distille,
De sa douceur puisée aux fleurs de ton esprit;
Car dans tous leurs travaux tu ne touches qu'au style;
Ta beauté n'embellit que l'art de leurs écrits :

L'âme des miens, c'est toi, qui jusqu'à la science
Exaltes et grandis ma grossière ignorance.

LXXIX

Tant que seul j'invoquais l'appui de tes regards,
Mon vers seul se parait des charmes de ta grâce;
Mais la grâce a faibli de mes nombres mignards
Et ma muse épuisée a dû céder la place.

J'accorde, ô doux Amour, que chanter ta splendeur
Veut l'œuvre d'un poète et plus riche et plus tendre;
Pourtant, ce que ton barde invente en ton honneur
C'est à toi qu'il le prend : il ne peut que le rendre.

La vertu qu'il te prête, il l'emprunte d'abord
Aux actes de ta vie; et la beauté qu'il donne
Il la vole à ta joue; et tu recélais l'or
Qu'il a pillé pour te forger une couronne.

Point de reconnaissance ! Il prend ce que tu sèmes
Et tu soldes sa dette en te payant toi-même.

LXXX

Oh ! lorsque je vous chante, Ami, quelle détresse
De savoir qu'un esprit et plus grand et meilleur
Dépense en votre honneur tout l'or de sa richesse !
Ma lèvre en est scellée et mon hymne se meurt. —

Mais puisque votre gloire, à l'océan semblable,
Peut porter l'humble barque et le fier bâtiment,
Ma voile impertinente, à son prix méprisable,
Sur votre large sein se montre impudemment.

Je flotte au moindre appui des lames les plus basses,
Tandis qu'il cingle, lui, sur votre mer sans fond ;
Je touche, et ne suis plus qu'une infime pinasse ;
Lui, garde son haut bord et l'orgueil de son front.

S'il entre sauf au port, si je cède à l'orage,
Le grand mal c'est qu'Amour a causé le naufrage !

LXXXI

Ou, vivant, j'écrirai l'épitaphe à ta gloire,
Ou tu me survivras, en la terre aboli;
La mort ne pourra même entamer ta mémoire,
Quand tout de moi sera retombé dans l'oubli.

Dans la mort ton nom puise une vie immortelle;
Mais, en mourant, je meurs à l'univers total :
C'est au fossé commun que la terre me scelle;
C'est en l'œil des humains qu'est ton lit sépulcral.

Ton mausolée, Ami, sera mon doux poème
Que, clairs, reliront des yeux incréés encor,
Et mille voix célébreront l'être que j'aime
Quand tout ce qui respire aujourd'hui sera mort.

Tu renaîtras où souffle un souffle qui renomme,
— Mon vers a ce pouvoir — : sur la lèvre des hommes!

LXXXII

Il est vrai que jamais tu n'épousas ma Muse
Et que tu peux sans crime abaisser tes regards
Sur l'épître d'honneur dont les poètes usent
Pour grandir leur héros et rehausser leur art.

Grand tu es en beauté, grand tu es en science;
Tu sens que ta grandeur dépasse mon talent,
Qu'il te faut demander, en parfaite innocence,
Aux pinceaux plus récents un portrait plus parlant.

Soit, fais-le, mon ami; mais quand leur rhétorique
T'aura chanté de ses accents exagérés,
Ta grandeur vraie aura pour écho sympathique
Les mots simples et vrais d'un ami qui dit vrai.

Leur épais coloris convient aux chairs pâlies
Où le sang manque : en toi, c'est excès et folie !

LXXXIII

Jamais je n'ai trouvé qu'il vous fallût du fard
Et jamais n'a mon rouge effleuré votre tête;
Je vis ou je crus voir que vos beautés sans art
Surpassaient la stérile offrande d'un poëte.

Et j'ai laissé dormir ma Muse, en votre honneur :
Vous seul et c'est assez pour afficher la honte
Et l'impuissant effort d'un banal crayonneur
A figurer la somme où vos trésors se comptent.

Ce silence, vous me l'imputez à péché;
Mais, c'est ma gloire à moi si mes accents succombent;
Muet devant le Beau, je le laisse intaché; —
Qui façonne un berceau souvent creuse une tombe.

Vos deux amis et tous leurs vers élogieux
N'auront jamais le feu d'un seul de vos clairs yeux !

LXXXIV

Quels vers sont les plus forts ? Quel éloge surpasse
En richesse le fait que vous seul êtes Vous ?
Dans quel trésor muré les images s'entassent
Qui pourraient vous dresser un égal devant nous ?

La Misère au flanc maigre en cette plume habite
Qui ne prête un rayon de gloire à son héros ;
Mais si votre poëte a pour art et pour rite
De peindre au naturel, il reste sans rivaux.

Qu'il copie humblement la ligne lumineuse
Du burin de la vie, avec autant de feu ;
Et ce reflet sincère en ondes glorieuses
Baignera son génie et son œuvre de dieu !

Vous laissez profaner votre beauté d'archange :
L'amour de la louange avilit la louange.

LXXXV

Et chacun vous célèbre en louangeux accords,
En couplets de joyaux achevés à la lime,
En rythmes burinés avec un stylet d'or :
Lèvre close, ma Muse est sans geste et sans rime.

J'ai de bons sentiments s'ils ont de bons écrits,
Et je réponds « Amen » comme un simple acolyte
A chaque hymne que l'art de nos brillants esprits
Polit et repolit d'une plume érudite.

« C'est vrai ! c'est juste ! » dis-je au bruit de ces concerts,
Au plus sublime éloge ajoutant un peu d'âme,
Grain d'amour pur qui brille en moi non dans leurs vers,
Car si mon verbe est froid mon cœur a de la flamme !

Respecte donc, en eux, le souffle vain des mots ;
En moi, l'amour muet qui dit ce que tu vaux.

LXXXVI

Est-ce le mât royal de son large poème
Qui, fier voilier cinglant après vos purs joyaux,
Inhume en mon cerveau mes pensers mûrs et blêmes,
Sein vivant qui se sèche et se mue en tombeau ?

Serait-ce son esprit, que des Esprits haussèrent
Aux vers plus que mortels, qui m'a glacé d'effroi ?
— Ni lui, ni les amis qui l'aident en mystère
N'ont jamais étonné mon poème ni moi.

Ni lui, ni ce lutin qui, de cent confidences,
Affable et familier, le dupe chaque nuit,
N'ont conquis en vainqueur le fort de mon silence ;
Il est un autre mal que mon courage a fui :

C'est qu'en tel de ses vers votre face se dresse
Me laissant sans modèle et tout à ma faiblesse.

LXXXVII

Adieu ! tu es d'un prix trop haut pour ma misère ;
Tu as en ta valeur une trop juste foi :
Ce prix même est la charte, Ami, qui te libère
Et brise les liens qui m'attachaient à toi.

De toi seul il me vient, le droit que je possède,
Car je n'ai rien en moi qui vaille un tel trésor ;
Le poids d'un privilège immérité m'excède :
Libre, il retourne à toi comme un balancier d'or.

En te donnant à moi tu t'ignorais toi-même,
Ou mal tu l'as choisi l'objet de ta faveur ;
Mais, grandissant encore avec l'erreur que j'aime,
Ton bienfait éclairé remonte à son auteur.

Quand je te possédais, j'étais le roi d'un rêve
Qui, maintenant, dans le néant du vrai s'achève.

LXXXVIII

Quand tu croiras venu le moment du mépris,
Jetant à ton dédain mon mérite en pâture,
J'enrôlerai pour toi mon amour aguerri,
Afin de me prouver la vertu du parjure.

Mieux informé que lui de mes propres défauts,
A mon accusateur je confierai l'histoire
De ces vices cachés dont je subis l'assaut :
Tu gagneras, en me perdant, beaucoup de gloire.

Et moi, dans ce combat, je suis aussi vainqueur,
Car je penche vers toi mon amitié fervente,
Je me porte des coups dont triomphe ton cœur
Et qui font mon amour doublement triomphante.

L'amour t'a fait mon maître : un signe de ton doigt,
Et je prends tous les torts pour exalter ton droit.

LXXXIX

Dis que tu m'as quitté pour tel de mes forfaits,
Et, pour toi, je me mets à noircir cette offense :
Montre mon pas boiteux et je boite à jamais,
Sans faire à tes assauts un semblant de défense.

En donnant une excuse aux jeux de ton désir,
Tu ne peux me charger de hontes plus amères
Que je ne fais moi-même; et, sachant ton plaisir,
Je noierai l'amitié de froideurs étrangères.

Je fuirai tes sentiers; sur ma lèvre, ô remords,
Ton doux nom bien-aimé s'arrête, tremble, expire;
Profane, je crains trop d'en fausser les accords
Et, qui sait? de trahir les nœuds qui nous unirent.

En ton nom, je me livre une guerre à toujours,
Ne devant plus, pour qui tu hais, nourrir d'amour.

XC

Si tu dois me haïr, hais-moi maintenant même,
Maintenant que le monde est ligué contre moi :
Sers sa colère et courbe-moi d'un coup suprême
Sans vouloir relancer ta victime aux abois.

Ne viens pas, quand le mal a fini son ravage,
Harceler le rempart d'un deuil enfin conquis,
A cette nuit d'éclairs donner aube d'orage
Et retarder l'horreur du désastre promis.

Tu me veux quitter ? Soit. Quitte-moi, sans attendre
Que se soient émoussés tous mes moindres tourments ;
Il faut donner l'assaut, et sur ma lèvre épandre
D'abord le plus amer de tous mes châtiments.

Et le flot douloureux qui monte dans mon cœur,
Toi perdu, n'est pas même un semblant de douleur !

XCI

Les uns mettent leur gloire en leur haute naissance,
D'autres en leur argent, la force de leur corps,
Ou dans leurs vêtements, dernière extravagance,
Leurs faucons ou leurs chiens, leurs chevaux ou leurs cors.

A tous ces goûts divers s'attachent des délices
Qui passent pour chacun les plaisirs les plus doux;
Aucun d'eux à ma lèvre offre la moindre épice :
Je sais charme excellent qui les excelle tous.

Ton amour m'est plus cher que naissance royale,
Plus précieux que l'or, plus beau que le satin,
Il m'a rendu plus fier que faucons et cavales,
J'ai par lui savouré tous triomphes humains :

Mon unique misère est que tu peux te plaire
A te reprendre, à me laisser à ma misère !

XCII

LIGUE tous tes efforts pour te ravir à moi :
  Tu m'appartiens, Ami, pour le bail de la vie.
Ma vie est suspendue au geste de ta foi,
Et le même moment verra leur agonie !

Alors, que redouter du plus affreux des maux,
Quand le moindre d'entre eux peut clore ma paupière ?
Je vois poindre des jours plus calmes et plus beaux
Qui ne reposent point sur ton humeur altière.

Il ne peut m'émouvoir ton esprit inconstant :
Quand ta révolte abîme à tout jamais mon sort.
O quel titre est le mien et quel bonheur m'attend :
Heureux de ton amour et jusque dans la mort !

Mais il n'est front si pur qui ne craigne une tache :
Tu peux m'être infidèle, et sans que je le sache.

XCIII

Il me faut vivre en te croyant toujours fidèle,
Comme un mari trompé ; dans les yeux de l'amour
Changé d'hier, je lis l'amour habituelle :
Le cœur s'est détourné si l'œil est sans détours.

Dans tes yeux, où ne peut s'abriter de la haine,
Je ne puis découvrir l'histoire de ton cœur ;
En des regards moins purs, l'amour qui s'aliène
Écrit ses trahisons en étranges lueurs.

Mais le Ciel décréta, en créant ton image,
Que le suave amour seul en fût possesseur,
Et que, malgré l'esprit, le cœur et leurs orages,
Tes yeux seraient jamais qu'un hymne de douceur.

Traîtresse est ta beauté comme la pomme d'Ève,
Si tes vertus, au ciel de tes yeux ne s'élèvent !

XCIV

Ceux qui sont équipés pour la guerre du mal,
Et ne font jamais rien des armes qu'ils aiguisent,
Qui consument les cœurs mais restent de cristal,
D'amiante et de glace aux ardeurs qu'ils attisent;

Ceux-là sont, à bon droit, les favoris des Cieux,
Car ils sont ménagers de leur magnificence
Et maîtres souverains de leurs biens copieux; —
Les autres, moins heureux, n'en ont que l'intendance.

Elle est douce au Printemps la rose du printemps
Qui sans savoir, vivait, et, sans savoir, expire;
Mais dès que l'a touchée un vil chancre infestant,
Au plus vil des roseaux elle cède l'empire.

Le plus doux miel toujours devient le plus acide;
Pourri, le lis bien plus que la ronce, est fétide.

XCV

Ton doux philtre ennoblit jusqu'à cette impudeur
Qui, pareille au cancer des roses consumées,
Infeste la beauté de tes gloires en fleur !
Ah ! de quel nard suave est ta honte embaumée !

Ces lèvres, qui nous font le récit de tes jours,
Voudraient en mots lascifs commenter ton histoire;
Mais la haine te touche et rebondit amour !
Ton nom seul sanctifie un cri blasphématoire !

Oh ! quel palais n'ont pas ces vices respectés,
Qui font de ton grand cœur leur demeure choisie,
Où leur laideur se tisse un voile de beauté,
Où leur poison se change en divine ambroisie !

Redoute, Aimé, ce privilège trop subtil :
Mal manié, l'acier s'émousse et perd son fil.

XCVI

« *Son crime est la jeunesse et le sang qui se joue.* »
« *Sa grâce est la jeunesse et les jeux éperdus.* »
Et sa grâce et son crime, on les aime, on les loue,
Car tu fais de ton crime une grâce de plus.

Comme au doigt d'une reine assise sur son trône
Le plus vil des joyaux devient bijou sans prix,
L'erreur sertie en vous en vérité se prône,
Et s'impose en justice aux plus justes esprits.

S'ils pouvaient en agneaux transmuer leur visage,
Combien d'agneaux ne trahiraient les sombres loups ?
Si tu voulais user de ton suzerainage,
Que d'éblouis tu traînerais à tes genoux !

Ne le fais plus, Ami ; préserve ta mémoire :
Tout ton être étant mien, mienne est aussi ta gloire.

XCVII

Toi disparu, soleil des jours ailés qui passent,
L'absence est descendue en moi comme un hiver.
Quel décembre partout et quel désert de glace !
Quelle nuit en mes yeux et quel gel en ma chair !

Portant l'amoureux faix des sèves printanières,
Ces jours où j'étais loin, jours enfuis de l'été,
Comme un ventre de veuve après la mort du père,
Gonflaient l'automne lourd de leur fécondité.

Dans les fruits attristés de ces luxuriances
Je ne pouvais trouver qu'orphelins aux abois ;
L'Été te fait cortège avec ses jouissances :
Toi disparu, l'oiseau, l'oiseau même est sans voix.

Ou s'il chante, ce sont des chansons qui gémissent :
Sentant passer l'hiver, les feuilles en pâlissent.

XCVIII

Loin de vous, quand les fleurs du printemps se déclosent,
Quand Avril, émaillé de somptueux atours,
Met âme de jeunesse au cœur ému des choses,
Et danse aux bras rieurs d'un Saturne moins lourd,

Ni les pétales peints que la brise cajole,
Ni gazouillis d'oiseaux, ni parfums floréals
Ne poussent mes doigts morts à cueillir les corolles,
N'appellent à ma lèvre un couplet estival !

Je ne sais plus louer le vermillon des roses,
Je ne sais plus goûter l'alme blancheur des lis :
De vos couleurs à vous, modèle grandiose,
Tous ne sont à mes yeux que fantômes pâlis.

Je joue avec les fleurs, ombres et souvenances,
Mais c'est toujours l'hiver, ô cher, en votre absence.

XCIX

Je gronde, en mon regret, la violette osée :

« O suave friponne, où pris-tu ces parfums
Sinon dans les soupirs de mon Amour lésée?
Et la pourpre fierté de ce fard diaprun
S'est aux veines que j'aime insolemment puisée! »

A tes mains le lis prit sa moins vivante hermine;
A tes cheveux leur or la marjolaine en fleur;
Coupable aussi, la rose était sur les épines,
Ou rougissant de honte, ou pâlissant de peur.

Une autre, ayant déjà pillé ta pure haleine,
Au larcin des couleurs joint un vol de senteurs;
Mais, pour la châtier en son orgueil de reine,
Un chancre justicier à mort ronge son cœur.

J'en vois mille et toujours je reconnais en elles
Et coupables parfums et couleurs criminelles.

C

Muse, peux-tu laisser dans un si long oubli
Ce qui donne à tes vers toute leur énergie ?
Épuiser tes transports en des chants avilis ?
Assombrir tes clartés en la nuit de l'orgie ?

Reviens, Muse oublieuse, et ces jours gaspillés
Rachète-les par l'art doux et pur de tes nombres :
Chante à l'oreille amie, au cœur émerveillé,
Et rends à ton stylet d'or un héros sans ombre.

Debout, Muse indolente, et regarde au cher front
De l'Aimé si le Temps n'a pas gravé ses rides !
Dresse-toi, fouet en main, pour venger ses affronts
Et livre à l'univers qui rit le Temps livide !

Sème plus de lauriers qu'il n'épand de fléaux :
Sur eux s'émoussera le tranchant de sa faulx !

CI

O Muse buissonnière, accours demander grâce.
Tu négligeas le vrai qu'empourpre la beauté :
Du vrai comme du beau mon amour est la châsse;
Avec eux il t'enferme, et c'est ta dignité.

Peut-être réponds-tu : « *Quel besoin de peinture*
A le vrai, qui s'exprime en ses seules couleurs ?
Et le beau, dont le vrai peint toute la nature ?
Au parfait, le respect peut seul garder sa fleur. »

— S'il peut se passer de louange, est-ce une excuse
A ton silence ? Non, chanté par tes accords,
Il survivrait à des tombeaux d'or pur, ô Muse,
Glorieux en des jours qui sont à naître encor !

Viens faire ton office, et laisse-moi t'apprendre
A le dresser en pied dessus sa propre cendre.

CII

Plus débile à tes yeux, plus forte est mon amour ;
J'aime aussi chaudement sous plus froide apparence :
Qui publie en tous lieux son cœur et ses discours
Trafique en amitié comme un autre en finance.

Neuve était notre amour et comme en son printemps
Quand je la saluais en des vers qui fleuronnent ;
Sur le seuil de l'Été Philomèle et ses chants
S'élancent, pour se taire aux jours mûrs qui rayonnent.

L'Été garde toujours même suavité
Qu'aux nuits où languissait sa musique plaintive ;
Mais les bois sont grisés de lourdes voluptés :
Moins rare, un chant très doux perd sa douceur native.

Comme le rossignol qui craint par ses concerts
De lasser un ami, moi je suspends mes vers.

CIII

Hélas ! quels pauvres fruits produit ma triste Muse !
Elle eut, pour étaler l'orgueil de ses couleurs,
Un modèle parfait ; et lui, tout nu, sans ruse,
De mes éloges peints surpasse la splendeur !

Oh ! ne me blâme point si je ne puis écrire !
Regarde en ton miroir : il en émerge un front
Majestueux et qui, glaçant mon vain délire,
Émousse les pensers de mes vers inféconds.

Mais, n'est-ce pas pécher que d'oser des retouches
Au travail achevé d'un chef-d'œuvre excellent ?
— Le seul vœu des sonnets qui montent de ma bouche
Est de dire en chantant ta grâce et tes talents !

C'est un rien, c'est un rien qui dans mes vers s'enchâsse,
Au prix du vrai vivant que tu vois en ta glace.

Garnier. — 3.

CIV

Pour moi, mon bel Ami, tu ne saurais vieillir :
     La beauté qu'en tes yeux mes yeux avaient surprise
Autrefois, reste entière; et je vis assaillir
L'orgueil feuillu de trois étés par l'âpre brise;

Trois superbes printemps en automnes jaunis
Ont mué; Juin brûlant trois fois a fondu l'âme
Et les parfums d'Avril, sans que ton front béni,
Vert encore, ait perdu sa fraîcheur de dictame.

Comme l'angle mouvant et sombre d'un cadran,
La beauté se déplace, insensible et furtive,
Et ce teint, qui pour moi garde sa fleur d'antan,
Passe, et mon œil voilé glisse à l'erreur déclive.

Je tremble et je t'évoque, ô siècle à naître encor :
L'Été de la Beauté, quand tu vins, était mort !

CV

N'allez pas regarder comme une idolâtrie
Mon amour, ni l'aimé comme idole d'autel,
Parce que tous mes chants, ma voix jamais tarie
Monte au même être, unique, immuable, éternel.

Constante fermeté ! merveilleuse excellence !
Il est bon aujourd'hui comme hier il était bon :
Et mes sonnets voués à la seule constance
Rendent le fixe éclat de ses divers rayons.

« *Bel et sincère et bon* » composent tout mon thème,
« *Bel et sincère et bon* » — accords mélodieux
Que varie et module à jamais mon poème, —
Triple sujet qui m'ouvre horizons merveilleux.

« *Beauté, vertu, bonté* » fils d'or que je festonne,
Jamais sur un seul chef n'ont tressé leur couronne !

CVI

Dedans les chroniqueurs des âges en-allés
Luisent les médaillons de très gentes figures :
Leur beauté réchauffante embellit ces vieux lais
Pleins de chevaliers morts, de dames et d'armures.

Dans les beautés de ces blasons médiévals
Par la lèvre et la main, les yeux et leur couronne,
Je vois qu'ils voulaient peindre un portrait idéal
Des parfaites beautés qui sur ton front rayonnent.

En esquissant tes traits, en fixant tes couleurs,
Leurs efforts vers le beau n'étaient que prophéties:
Ils n'avaient pour te voir que leurs yeux devineurs ;
Pour peindre ton mérite ils manquaient de génie.

Et nous, humbles témoins que le siècle interroge,
Pour voir sommes tout yeux, mais sans voix pour l'éloge.

CVII

Ni l'effroi de mon cœur, ni l'âme prophétique
Du monde méditant l'avenir en chemin
Ne sauraient limiter mon bail d'amour unique,
Gage fatal promis aux ordres du Destin !

Vois : la Lune éclipsée a retrouvé la vie,
Et l'augure en riant brûle ses noirs papiers ;
L'incrédule à la foi royale nous convie ;
Et la paix vous salue, immortels oliviers !

Sous la rosée amie et pure de ces baumes,
Mon amour refleurit et la Mort se soumet :
Elle traîne à son char un muet troupeau d'hommes,
Mais respecte l'auteur de ces humbles sonnets.

Le bronze écussonné des tombes écroulées
Passe, et toi, dans ces vers, gardes ton mausolée !

CVIII

Tout émoi du cerveau que l'encre peut trahir
T'a montré mon esprit, son vrai fil et sa trame,
Quel mot neuf reste encore et quel nouveau soupir
Pour révéler ton cœur ou le fond de mon âme ?

Il n'en est plus ; et chaque soir, mon doux amour,
Comme un dévot l'*ave*, je redis ma prière :
Rien de vieilli n'est vieux et, comme au premier jour
Où je te saluai, notre foi reste entière.

En l'amour qui renaît, oui, l'amour éternel
Vit, sans peser la fange ou le fardeau de l'âge :
Sans donner un regard au bris universel,
Il prend même le Temps pour esclave et pour page.

Pour lui, dans les vaincus de l'âge ou de la mort
Vibre le premier rais de l'amour toujours fort.

CIX

QUE mon cœur fut perfide, oh ! ne le dis jamais :
      L'absence peut pâlir mais non glacer la flamme.
Je ne puis renoncer à l'être que j'aimais;
Je vis en toi : le corps peut-il bannir son âme ?

Cette âme habite en toi, en toi, logis d'amour,
Qui, la route achevée, a retrouvé son hôte
Au jour fixé jadis, inchangé par les jours,
Et mouillé de ces pleurs qui laveront ma faute.

Crois-moi : si les ardeurs du sang de mes pareils
Ont souvent assiégé ma fragilité d'homme,
Point n'ai-je absurdement obscurci mon soleil,
Ni troqué contre un rien l'amour qui me renomme.

Et ce vaste univers est un rien à mes yeux :
Toi seule y vit, ma Rose, et c'est tout sous les cieux !

CX

Hélas ! il est trop vrai, je dus courre en tous lieux,
Vendre l'âme au rabais et fouiller ma pensée
Au sang, et, vil bouffon, pitre facétieux,
Navrer d'amours nouveaux l'ancienne amour blessée !

C'est trop vrai, j'ai tourné loin de la vérité
Mes yeux indifférents; mais aux cieux j'en appelle,
L'orage m'a rendu comme un deuxième été :
Des feux plus violents l'amour sort plus fidèle.

Tout est fini. Reçois un hommage immortel :
Jamais plus n'userai mes tristes dents grinçantes
Sur l'acier des erreurs, pour éprouver le ciel
De l'ancienne amitié divine et triomphante !

Tout grands et tout aimants ouvre-moi tes deux bras
Et sur ton cœur me presse, ô mon dieu d'ici-bas !

CXI

Oh ! pour l'amour de moi, provoque la Fortune
Qui seule m'imposa ce coupable trafic,
Sans me laisser pour vivre, en sa basse rancune,
Qu'un or public baillé par les mœurs du public !

De là vient que mon nom garde une marque infâme.
Le teinturier, l'acteur s'imprègnent du métier,
Qui chez l'un teint les mains et chez l'autre teint l'âme :
Au nom de mon salut, donne-moi ta pitié !

Alors je renaîtrai. Malade débonnaire,
Je prendrai de l'aissel pour purger mon poison ;
Nulle amère boisson ne sera trop amère,
Et nul fouet trop cuisant pour cette guérison.

Pitié donc, cher Ami, car cette pitié même
Est assez pour sauver celui qui toujours t'aime.

CXII

Ta pitié, ton amour comblent la marque infâme
Que creusa le scandale au front de ton ami ;
Qu'importe donc qui me maudit ou qui m'acclame
Si tu remplis d'un sang pourpré mon cœur blêmi ?

Sur tes lèvres cueillir et l'éloge et le blâme,
Voilà tout mon effort : c'est toi mon univers ;
Hors toi je n'ai personne, il n'est rien dans mon âme
Qui cause peine ou joie à ce cœur tout de fer.

Tout souci d'autres voix en un si vaste abîme
Disparaît ; qu'effleurés mes sens endoloris
Se ferment au flatteur comme au censeur infime !
Écoute, Ami, comment j'excuse ce mépris :

Tu plonges en mon sein des racines si fortes
Que, hors toi, la nature entière est une morte !

CXIII

Mes yeux, quand je m'éloigne, en mon esprit habitent,
Et le sens qui me guide, aux trois quarts déréglé,
De sa tâche diverse à grand peine s'acquitte :
Il semble toujours voir, mais il est aveuglé.

A l'âme qui s'enquiert, les formes qui le frappent
D'oiseaux ou de corolle, il ne les transmet plus :
Sa vision ne retient plus ce qu'elle attrape;
L'esprit reste étranger à ses objets confus.

Trouve-t-il une vue ou très douce ou très rude,
Des visages exquis, les êtres les plus laids,
L'ombre ou le jour, la mer, les monts, la solitude,
La corneille ou le cygne : il leur donne tes traits!

Mon vrai cœur, débordant de ta vive lumière,
Trop sincère, a rendu mes regards peu sincères.

CXIV

Vous ayant pour couronne, est-ce que mon esprit
Boit à longs traits la mort des rois, la flatterie ?
Dirai-je que mes yeux, du seul vrai tout épris,
Doivent à votre amour cette étrange alchimie

De métamorphoser des monstres de laideur
En chérubins moulés à votre ressemblance ?
De créer du parfait avec de la hideur
Aux magiques rayons de leur effloresscence ?

Non ! c'est la flatterie ! et, très royalement,
Mon esprit assoiffé l'aspire avec ivresse :
Mon œil sait ce qui plaît à son palais d'amant
Et prépare à son goût la coupe enchanteresse !

S'il y trouve un poison, mes yeux amourachés
Sont les premiers à boire, — et moindre est mon péché.

CXV

Quand ils te murmuraient que mon amour grandie
Ne croîtrait jamais plus, ils te mentaient, mes vers.
Pouvait-elle juger, ma pensée enhardie,
Qu'à mon flambeau luirait plus tard un feu plus clair ?

Je redoutais le Temps dont les remous se glissent
Entre nos plus chers vœux, changent l'édit des rois,
Souillent la beauté pure, émoussent la malice,
Entraînent les plus forts en leurs torrents sournois.

Hélas ! ayant l'horreur de cette tyrannie,
Que n'ai-je alors chanté : « *Tu vois en moi fleurir*
Un immuable amour sauvé des agonies, » —
Couronnant le présent et voilant l'avenir !

Je ne pouvais, Ami, — car l'amour c'est l'aurore —
Donner pleine croissance à ce qui croît encore !

CXVI

Non! il n'est point d'obstacle à l'union des âmes
Et des sincérités! L'amour n'est pas l'amour
S'il penche à la nuit sombre où penche l'autre flamme,
Si, la voyant pâlir, il pâlit à son tour.

Non! l'amour véritable est la ferme balise
Dont l'œil fixe l'orage inébranlablement;
C'est l'astre des marins, dont la hauteur est prise,
Mais dont nul ne connaît le divin ascendant.

L'Amour n'est point le fou du Temps. Les lèvres roses
Sont bien gerbe promise au croissant de sa faulx;
Mais point il ne s'effeuille avec l'heure déclose :
Il s'avance inchangé jusqu'au bord du chaos!

Ici-bas, si ma foi devient une hérésie,
Jamais on n'eut d'amour! ni moi de poésie!

CXVII

Formulez vos griefs : c'est vrai, je fus avare
En payant de retour vos bienfaits opulents ;
Je désertai l'amour où toutes les amarres
De la vie attachaient mon esquif vacillant.

J'ai galvaudé mon âme aux âmes inconnues,
Au vulgaire livré le droit par vous acquis,
A tous les vents qui m'arrachaient à votre vue,
Oui, j'ai hissé ma voile et mes désirs maudits !

Inscrivez ma folie où l'erreur s'enchevêtre ;
Ajoutez l'hypothèse aux plus sûrs documents ;
L'arc de votre sourcil, bandez-le contre un traître !
Dans l'éveil du courroux ne tirez pas, pourtant :

Que prouvait mon appel ? — Il voulait, sans offense,
Éprouver votre amour, sa force et sa constance !

CXVIII

L'homme, pour relever son appétit baissant,
Excite son palais de condiments acides;
Pour tenir à l'écart de ses sens languissants
Le mal qui les guettait, au mal il se décide.

Ainsi, rassasié d'une exquise douceur,
Dans l'amertume, ai-je plongé mes vivres fades :
Fatigué de bien-être, on découvre un bonheur
A se vouloir, avant le mal, rendre malade.

Ainsi la politique, en mon amour trop fort,
De maux inexistants fit réelles souffrances ;
Aux médecins livra l'âme saine et le corps,
Cherchant en la faiblesse une aise à leur puissance.

Et de là j'ai tiré la leçon qui m'absout :
Remèdes sont poisons quand on souffre de vous.

CXIX

Je me suis abreuvé des larmes de sirène
Que distillaient les flancs d'alambics infernaux!
La haine armant l'amour, l'amour armant la haine,
J'ai perdu, croyant vaincre en ces sanglants assauts!

Mon cœur, en qui sourdait félicité bénite,
Misérable, péchait lors même contre vous!
Oh! comme ils ont, mes yeux, bondi dans leur orbite
En l'épouvantement de ces délires fous!

Mais à présent je sais, bienfait de la souffrance,
Que le bien par le mal se hausse jusqu'au mieux;
Et l'amour en décombre, au jour des renaissances,
Se redresse plus bel et plus fort, jusqu'aux cieux!

Repoussé, je reviens à mon amour suprême
Et récolte trois fois ce que la douleur sème.

CXX

Que *vous* me fûtes traître, Ami, me rend heureux :
L'incisive douleur qui m'entra jusqu'à l'âme
A dû sous *mon* péché courber mon front poudreux,
Point n'ayant nerfs d'airain martelés à la flamme.

Dans votre vie, il a passé le noir enfer
Que j'ai connu, s'il est vrai qu'en ma vilenie
Vous ayez pu souffrir ce que moi j'ai souffert
Sans peser votre crime ou voir ma tyrannie!

Oh! si la nuit de notre angoisse avait voulu
Nous redire combien le vrai chagrin torture,
Nous nous serions alors l'un vers l'autre tendu
Le baume humble et cordial qui ferme les blessures!

Nos deux crimes pareils ont mûri des moissons
Où nous puisons tous deux une juste rançon.

CXXI

Il est mieux d'être vil que d'être estimé vil,
Quand on voit le néant prendre manteau de vie,
Quand on voit condamner, au nom d'un vain péril,
Un plaisir juste et non par soi, mais par l'envie !

Pourquoi salueraient-ils les ébats de mon sang,
Les êtres faux, au regard louche, aux yeux hostiles ?
Et jugeraient-ils noir ce que j'estime blanc,
De ma vertu fragile espions plus fragiles ?

Je suis ce que je suis ! — En soupesant mes fers,
Ils ne font que compter les anneaux de leurs chaînes ;
C'est moi qui marche droit, eux qui voient de travers :
Ma vie, en traversant leur cœur vil, se gangrène !

A moins que ce cœur vil ne soit celui du monde
Et que le mal soit roi, roi d'un royaume immonde !

CXXII

Ce cahier, ton présent, demeure en ma mémoire
Gravé par le burin de l'immortalité :
Sur ton humble crayon je gagne la victoire
Par delà tous les temps jusqu'en l'éternité !

Du moins l'éternité que permet la Nature
Aux éclairs de l'esprit comme aux gestes du cœur.
Aucun ne cédera sa part de sa capture,
Sa part de toi, qu'au grand Oubli spoliateur.

Ces trop faibles feuillets ne pouvaient y suffire.
Qu'ai-je besoin de taille où marquer mon amour?
Je m'en suis séparé : j'ai préféré l'inscrire
Aux tablettes de l'âme où vous vivrez toujours!

Garder cette aide morte eût été faire croire
Qu'un lâche oubli pouvait envahir ma mémoire.

CXXIII

Jamais tu ne pourras te vanter que je change !
La pyramide, ô Temps, que d'un nouvel effort
Toujours tu rebâtis, n'a pour moi rien d'étrange :
Rhabillage piteux d'un éternel décor !

Brève est la vie, et, dans sa hâte, l'homme admire
Tous les hochets vieillis que ta fraude lui tend :
Ces jouets, il préfère y voir, dans un sourire,
Les fils de son désir, non les pièges du Temps.

Tes archives et toi, je vous hais, vous défie !
Le présent, le passé n'ont rien pour m'étonner :
Ils mentent, les témoins que ta main sacrifie
Dans sa hâte sans fin de tout exterminer !

Moi, je fais le serment de demeurer fidèle,
Fidèle malgré toi, malgré ta faulx cruelle !

CXXIV

Si mon amour n'était que l'enfant des grandeurs,
Bâtard de la Fortune, il deviendrait, sans père,
Le serf du Temps, de ses mépris, de ses faveurs,
Herbe qu'on foule aux pieds, pauvre fleur éphémère!

Non! je lui construisis un plus haut piédestal!
Il est hors de l'atteinte et des pompes rieuses
Et des serviles coups de ce dédain brutal
Que donne le respect de la mode enjôleuse.

Point il ne craint la politique au front pâli,
Hérétique qui broche un canevas d'une heure;
Il se dresse, tout seul, politique accompli,
Inchangé sous un ciel qui sourit ou qui pleure.

J'en appelle aux amours bouffons de notre temps
Dont la mort est un bien, fauchant des jours méchants.

CXXV

A quoi me servirait de tenir le dais rouge
Et par de tels dehors d'honorer tes dehors?
De bâtir « *pour jamais* » une base qui bouge
Et s'effondre aussi vite, Ami, qu'un vain décor?

L'idolâtre, ébloui par la beauté des lignes,
Perd tout et plus, payant loyer trop onéreux;
Il fuit la saveur simple et veut l'épice indigne,
Bonheur piteux, qui se consume, et par les yeux!

Ami cher, vois en moi le dévot de ton âme,
Reçois l'offrande d'un cœur pauvre mais loyal;
Sans art et sans mélange, elle érige sa flamme
Sur le don mutuel de notre être total!

Arrière, délateur! Plus une âme sincère
Est en butte à tes coups, plus elle se libère!

CXXVI

ADOLESCENT aimé, qui tiens en ton pouvoir
L'Heure et le sablier du Temps, fragile et noir ;

Ton déclin même est une aurore, et, fleur suave,
Tu t'ouvres, quand se clôt le cœur de ton esclave ;

Dans ton élan, si la Nature veut encor
T'arrêter de son geste et de son sceptre d'or,

Elle t'épargnera pour que ton art sublime
Déshonore le Temps et vainque l'Heure infime !

Crains-la pourtant, ô toi, sa joie et son amour,
Trésor qu'elle conserve, hélas, non pour toujours :

Il peut tarder, mais il viendra le jour peu tendre
Où, pour avoir quitus, il lui faudra te rendre !

GROUPE DES SONNETS

A LA DAME BRUNE

CXXVII

La brune, aux yeux de tous, jadis, passait pour laide.
Belle, on lui refusait le titre de beauté ;
Mais la brune à présent à la blonde succède :
Le Beau s'abâtardit de cheveux empruntés !

Depuis que chaque femme, en grimant la nature,
Embellit la laideur du masque faux de l'art,
Sans honneur et sans nom le Beau se voit exclure
De ses temples sacrés et honnir en bâtard.

Les cheveux de ma mie ont le noir du corbeau ;
Ses yeux portent le deuil, vêtus des mêmes teintes,
Des yeux disgraciés qui s'affublent de faux,
Calomniant le vrai de leur vérité feinte.

Et le deuil à ce point embellit leur douleur
Que désormais le Beau doit porter leur couleur.

CXXVIII

QUAND tu viens, ma Musique, aux lamelles bénies
Du berçant virginal promener tes doigts blancs,
Et de ses fils d'argent tirer des harmonies
Qui ravissent mes sens et mes esprits tremblants,

J'envie en moi le saut léger des touches mues,
Qui baisent le fuseau rondelet de tes doigts,
Et mes lèvres que fuit une moisson perdue
Rougissent de l'orgueil de ces lames de bois.

Pour qu'on les baise ainsi, qu'une métamorphose
Auprès de toi, les change en ces hochets dansants
Que d'un geste rapide effleure ta main rose,
Bois morts, mais plus comblés que mes désirs vivants!

Verse à ces impudents le lait dont tu me sèvres,
Réserve-leur tes doigts, mais livre-moi tes lèvres!

CXXIX

L'ame qui se dépense en un désert de honte —
Voilà la passion : avant d'agir, elle est
Désir honni, sanglant, parjure et qui vous dompte
Sous le cruel excès d'un flux traître et mauvais ;

Aussitôt assouvi, l'abjection le sape ;
Follement poursuivi, même à peine avalé,
Follement exécré, comme l'appât qu'on happe,
Tendu pour capturer le gobeur affolé ;

Fou dans son âpre chasse et fou quand il possède ;
Extrême en la curée et dans l'affût amer ;
Avant, bonheur en vue, après, vision laide,
Félicité qui passe et, passée, un enfer !

Personne ne sait fuir — quand tous savent ce drame —
Le ciel qui nous conduit au tourment de ces flammes !

Garnier. — 5

Le soleil luit plus vif que l'œil de ma maîtresse;
Et sa lèvre est d'un rouge humble au prix du corail;
Si le blanc c'est la neige, alors, je le confesse,
Le satin de ses seins n'est qu'un sombre camail.

J'ai roses de Damas, roses rouges et blanches,
Mais sur sa joue en vain je cherche leurs couleurs;
Et je sais, en parfums, des délices plus franches
Que les souffles humains de son haleine en fleur.

Le timbre de sa voix, je l'aime; mais j'avoue
Que la musique encore a des sons plus divins;
Oncques ne vis déesse aller sur notre boue :
Elle, foule en marchant le sol de nos chemins.

Et pourtant, par le ciel, mon amante est plus rare
Que les tristes objets qu'à tort on lui compare !

CXXXI

Belle ou non, tu régis mon empire en tyran,
Tout comme une beauté fière, arrogante et dure;
Tu sais que pour mon pauvre cœur idolâtrant
Il n'est gemme ici-bas et plus chère et plus pure.

Tout franc, — il en est qui refusent à tes traits
Le don de torturer l'Amour, pouvoir suprême;
Proclamer leur erreur jamais je n'oserais,
Mais je jure en secret que c'est là l'erreur même!

Et, sois-en sûre, il n'est pas faux l'affreux serment!
Le gémissement qui, si j'évoque ta face,
Sans pitié me déchire, en témoigne âprement :
Tout ton noir, à mes yeux, toute beauté surpasse!

Noire en rien ne te vois sauf peut-être en ta vie,
Et c'est de là, je crains, que sort la calomnie.

CXXXII

J'aime tes yeux et tes chers yeux, comme en pitié
Des tourments que m'inflige une âme dédaigneuse,
Jetant sur ma douleur leur sanglante amitié,
Se sont vêtus de noir ainsi que des pleureuses.

Non ! le soleil levant n'illumine pas mieux
Le front que l'Orient soulève en l'aube grise ;
Non ! l'étoile du soir qui plane au seuil des cieux
N'épand pas tant de gloire où le jour agonise,

Que sur ton sombre front ces deux grands yeux en deuil !
Oh ! puisse-t-il alors plaire à ton âme chère
De pleurer, elle aussi, mon amour au cercueil !
Le deuil et la pitié parent ta grâce altière.

Oh, lors ! je jurerai que noire est la Beauté
Et que, sans ta couleur, on n'est qu'indignité !

CXXXIII

Que maudit soit le cœur qui fait gémir mon cœur
Saignant pour moi, pour mon Ami, double carnage!
N'est-ce assez que je sois en butte à tes fureurs,
Sans que mon doux aimé souffre ton esclavage?

De moi-même, ton œil cruel m'a détourné;
Plus dure encor, tu m'as pris mon autre moi-même!
De moi, de lui, de toi je suis abandonné;
Par nous trois mis en croix, tourment trois fois extrême!

Emprisonne mon cœur aux grilles de ton sein;
Prends ce gage appauvri contre l'Ami rebelle;
De celle qui le garde il sera le gardien,
Et lors tu ne pourras, ma geôle, être cruelle!

Eh si! tu pourras l'être! Étant captif en toi,
De force t'appartient tout ce qui vit en moi!

<h1 style="text-align:center">CXXXIV</h1>

Ainsi j'ai confessé qu'il est en ta puissance
Et que je suis un gage au gré de ton désir.
Moi, je veux me livrer et lui, ma jouissance,
Mon autre moi, tu le rendras à mes soupirs.

Vous ne voulez, ni toi ni lui, de sa franchise,
O Maîtresse cupide, Ami trop généreux !
Il pensait me servir, non perdre par traîtrise
Sa vie en souscrivant ce billet désastreux !

Car tu veux exercer, implacable usurière,
Les droits entiers que la Beauté t'a dévolus,
Et poursuivre l'Ami qui sombre en la misère
Pour moi qui l'ai perdu par un indigne abus.

Je l'ai perdu, sans me reprendre, ample faillite :
Il a payé ma dette, et je ne suis pas quitte !

174

CXXXV

Femme riche en succès comme une autre en désirs,
En désirs drus et qui débordent en fontaine,
Je suis de trop, hélas! j'encours ton déplaisir
En jetant mon pétale à ta coupe trop pleine.

Daigneras-tu, femme au cœur vaste et généreux,
Me laisser me cacher en ton désir immense?
Quand, aux autres désirs, il s'ouvre, gracieux,
Faut-il que, seul, le mien souffre son arrogance?

L'Océan reçoit bien en ses eaux l'eau du ciel;
Son opulence accepte argent qui l'amplifie.
Ruche de désirs d'or, joins mon miel à ton miel,
Qu'encor il s'enrichisse, encor se dulcifie!

Laisse tes suppliants t'aimer, vivre et jouir,
Tous — dont je suis — fondus en un même désir!

CXXXVI

S'il rage de me voir pénétrer ta langueur,
Jure à ton cœur que Will fut son désir sincère;
Il sait que le Désir a sa place en un cœur :
Par amour, mon Aimée, exauce ma prière!

Will emplira ton cœur vidé de tout son or,
L'emplira de désirs, où mon désir rayonne!
Un ducat est à l'aise en un large trésor;
Dans une vaste foule on ne compte personne!

Laisse-moi dans le nombre, inconnu, me glisser :
Je compterai quand même en la somme totale!
Si le rien que je suis t'est doux à caresser,
Je consens d'être un rien pour ton Ame fatale!

Chère, garde mon nom, mon nom seul à chérir
Et ce sera m'aimer, car mon nom c'est Désir!

CXXXVII

AMOUR, aveugle sot, qu'as-tu fait de mes yeux?
Ils regardent sans voir, voilés d'étranges taies.
Hélas! ils vont confondre et le pire et le mieux,
Eux qui s'ouvraient aux purs rayons des beautés vraies.

Si mes yeux égarés par de traîtres fanaux,
En ce golfe d'erreur où tous les hommes rament,
Ont mouillé dans la nuit, pourquoi de tes cils faux
As-tu forgé des crocs où suspendre mon âme?

Pourquoi vois-tu, mon cœur, un domaine privé
En ce pré communal ouvert à tout le monde?
Pourquoi nier faits éclatants, yeux dépravés,
Et vouloir mettre un masque beau sur face immonde?

Le cours du vrai, mon cœur, mes yeux l'ont délaissé
Dans le marais du faux ils se sont enfoncés!

CXXXVIII

Elle est, me jure-t-elle, être de vérité.
Je suis sûr qu'elle ment ; mais je crois sa parole
Pour qu'elle croie encore à ma naïveté
Neuve aux détours subtils de ce monde frivole.

Croyant en vain qu'elle me croit adolescent
— Au fond elle sait trop que mes jours se déflorent ! —
J'accorde ma créance à sa langue qui ment :
Sur nos lèvres le vrai se sèche et s'évapore !

Pourquoi n'avouons-nous, moi, que je deviens vieux,
Elle, que son cœur faux est pétri d'injustice ?
— C'est que l'âge en amour se cache à tous les yeux ;
Ah ! c'est que l'art d'amour n'est que long artifice !

Mentons donc avec elle, et, tous deux, flattons-nous
Au mensonger accord de mensonges si doux.

CXXXIX

Oh! ne m'appelle pas pour excuser les affres
Que tes actes méchants infligent à mon cœur !
Que tes mots acérés, non tes yeux, me balafrent :
Navre-moi d'un fer sûr, mais sans art d'escrimeur!

Dis tout franc que ton cœur est autre part, mais pense
A ne pas devant moi détourner tes regards :
Pourquoi blesser par ruse, alors que ta puissance
Peut d'un souffle raser mes débiles remparts ?

Et pourtant je t'absous : tu sais trop, ma maîtresse,
Que mes seuls ennemis ont été tes doux yeux;
Tu détournes de moi leur brûlante caresse,
Et tu portes plus loin leur ravage et leurs feux.

Ne les détourne point; je succombe à leur guerre :
D'un coup, viens achever ma vie et ma misère!

CXL

Sois sage aussi, cruelle; et, ma langue liée,
Ne va pas l'accabler sous un trop lourd dédain !
Prends garde; il peut jaillir de la douleur criée
Des mots où la pitié se distille en venin!

Si tu pouvais comprendre, il serait salutaire,
Sans même en ressentir, de feindre un peu d'ardeur :
Au moribond qui tremble, à son heure dernière,
Le médecin promet la vie et la verdeur!

Si je désespérais, ce serait la folie!
Et, fou, je noircirais ton misérable cœur;
Dans ce monde perfide où le mal se publie,
Qui sait? des fous croiraient à ma folle rancœur.

Pour sauver ma raison et la gloire adultère,
Garde le regard droit, — si torse est l'âme altière!

CXLI

Sur l'honneur, ce ne sont point mes yeux qui t'adorent,
Eux qui notent milliers de souillures en toi;
C'est mon cœur qui chérit ce que tant ils abhorrent,
Et qui malgré mes yeux, raffole de ta foi.

Et mon oreille est close à ta voix de sirène;
Sensible aux vils contacts, ni mon toucher discret,
Mon goût, mon odorat, n'aspirent à la haine,
Qu'en eux soulèveraient tes sensuels banquets.

Mes cinq sens et mes cinq esprits vainement somment
Mon cœur de s'affranchir du désir souverain
Qui jette, sans fierté, le fantôme d'un homme
En esclave à l'orgueil de ton cœur suzerain!

Un miel pourtant se cache au fond de mon calice:
Qui cause mon péché cause aussi mon supplice!

CXLII

L'amour est mon péché, ta vertu c'est la haine,
Haine de mon péché, — fille des vils amours :
Ah! compare un instant à la mienne ta chaîne
Et tu découvriras que mon crime est moins lourd !

Si tu veux m'accuser, n'accuse avec ces lèvres
Qui tant ont profané leur exquis incarnat,
Plus souvent que la mienne étanché d'autres fièvres
Et soustrait à vingt lits leur rente, sans contrat !

Que mon amour qui te meurtrit ait le droit même
Que ton œil prend de provoquer tant d'amitiés !
Enracine en ton cœur la pitié que je sème :
Grandie, elle pourra te valoir la pitié !

Si tu veux posséder ce que ton cœur refuse
Crains que ton propre exemple un jour soit mon excuse!

CXLIII

Voit-elle un volatile emplumé s'échapper,
Déposant son bambin, l'active ménagère
Court de toute sa force et cherche à rattraper
L'oiseau qui toujours fuit, pareil à la Chimère.

Le petit esseulé la poursuit à son tour,
Rappelle de ses cris l'anxieuse qui tâche
A suivre l'être ailé plus loin encor, toujours,
Sans donner un regard au bambin qui se fâche.

Ainsi cours-tu, ma belle, après ce qui te fuit,
Tandis que moi, ton nourrisson, après toi vole;
Si tu saisis ton rêve, ah! pense à qui te suit,
Joue avec moi la mère au baiser qui cajole!

Puisses-tu donc posséder Will, fuyant désir,
Si tu veux bien alors apaiser mes soupirs!

CXLIV

J'ai deux Amours qui font mon heur et mon tourment!
Deux Esprits qui toujours me soufflent leur haleine :
Le bon ange est un homme aux yeux de diamant,
L'ange mauvais, femme fardée, âme vilaine.

Pour me plonger plus tôt dans les enfers profonds
Mon diable-femme vient courtiser mon bon ange,
Pour corrompre mon Saint, le muer en démon :
Ainsi l'impur orgueil, de l'amour pur se venge!

Que déjà l'ange ait succombé sous l'ennemi,
Je ne puis l'affirmer; mais j'en ai doute amer :
Tous les deux sont au loin, tous les deux bons amis;
J'en conclus que chaque ange est pour l'autre un enfer!

Je vivrai dans le doute et sans savoir jamais, —
Sauf quand brûlera l'Ange aux flammes du Mauvais.

CXLV

Ces lèvres qu'Amour fit de sa main blanche
M'ont lancé ce mot, ce souffle : « Je hais ! »
A moi qui languis pour leur amour franche.
Quand Elle aperçoit mes traits tout défaits,

La Pitié tout droit monte dans son âme
Et gronde la voix qui, douce jadis,
Soulait me livrer à de gentes flammes,
Et qui d'elle apprend salut adouci.

« Je hais » tremble et mue en douce agonie...
Un mot clair l'achève — ainsi jour exquis
Achève la nuit, infernal génie
Aux enfers sombrant du haut du pourpris.

Le haineux « Je hais » tombe en sons plus doux,
Se fond et me sauve en ces mots « ... pas vous ! »

CXLVI

Pauvre âme, centre obscur de mon limon pécheur,
Que harasse un assaut de puissances rebelles,
Pourquoi, quand tu languis de faim et de douleur,
Peindre d'un or joyeux tes murs et tes tourelles ?

Pourquoi loyer si fort pour un bail aussi court ?
Pourquoi se ruiner pour un palais qui croule ?
Héritier de ce luxe, il arrive, il accourt
Le ver rongeur ! Est-ce donc là que ton corps roule ?

O mon âme, vis donc des affres de ma chair,
Qui gémira pour enrichir ton or intime;
Acquiers siècles divins au prix d'heures d'enfer :
Au dehors, misérable; au dedans richissime !

Repais-toi de la Mort qui se repaît de nous :
Morte la Mort, mort le mourir, et pour nous tous !

CXLVII

Mon amour est la fièvre encor passionnée
   Pour tout ce qui nourrit le foyer de son mal;
Il se repaît de cette flamme empoisonnée
Qui flatte les accès d'un appétit brutal.

Au mépris affiché pour sa docte ordonnance,
Ma raison, — médecin de mon amour trop fort —
M'abandonne, et je trouve, en ma désespérance,
Que, rebelle à tous soins, le désir c'est la mort !

A raison sans vertu malade sans remède ;
Et ma raison plus que jamais s'échauffe et bout :
Mes pensées, mes discours, au faux qui les possède
Se livrant sans recours, sont l'ivresse d'un fou !

J'avais juré ton âme belle et ton front clair,
Et tu n'es que nuit noire et ténébreux enfer !

189

CXLVIII

Hélas, quels yeux Amour a donc mis en ma tête,
Sans harmonie avec le vrai qu'ils devraient voir !
Ou s'ils voient juste, il sombre alors en la tempête,
Mon jugement qui juge faux leur vrai miroir !

S'il est beau, cet objet dont mes yeux faux raffolent,
Pourquoi le nier, Univers ? S'il n'est pas doux,
S'il n'est pas beau, se prouve alors cette parole :
« *L'œil d'Amour ne voit point ce que voit l'œil de tous.* »

Non ! comment serait-il lumineux et limpide,
L'œil de l'Amour, noyé de longs guets et de pleurs ?
Sans surprise apprends-le, ma vue est peu lucide :
Le soleil n'y voit clair qu'au lever des vapeurs.

Ah ! le perfide Amour qui m'aveugle de larmes
Pour que jamais mon œil ne voie et ne s'alarme !

CXLIX

Comment peux-tu nier que je t'aime, cruelle,
Quand je me joins à toi contre moi conspirant,
Quand ton âpre pensée à ce point m'ensorcelle
Que pour l'amour de toi je deviens mon tyran ?

Aux pieds de tes martyrs, dis-moi si je me couche,
Dis-moi si tes haineux je les appelle amis !
Quand ton front s'assombrit, dis-moi si de ma bouche
Ne jaillit contre moi mon courroux qui gémit ?

Quelle vertu me reste, en mon cœur estimée,
Fière assez pour garder sous ton joug ses dédains ?
Ma meilleure âme adore, à tes pieds abîmée,
Suspendue à l'arc noir de tes sourcils divins !

Hais-moi donc, mon Amour, car tu m'es révélée ;
Tu chéris qui sait voir : mon âme est aveuglée.

CL

Oh ! quel Pouvoir te vaut cette insigne puissance
De dominer mon cœur par ce qui manque au tien :
Tu me fais démentir ma propre clairvoyance
Et jurer que le jour au soleil ne doit rien.

D'où vient ce gracieux accord de forces viles ?
D'où vient que le rebut de tes faits les plus noirs
Contient tant d'excellence et de vigueur habile ?
Plus claire est ta noirceur que blancheur du devoir !

Qui t'enseigna comment te faire aimer encore,
Toujours plus, mieux je vois que je dois te haïr ?
Oh ! j'aime en toi ce que tous les autres abhorrent :
Avec eux m'abhorrer, n'est-ce point te trahir ?

Si ton indignité plante l'amour en moi,
Plus digne je grandis d'être adoré de toi.

CLI

L'Amour, trop jeune enfant, n'a point de conscience,
Pourtant la conscience est fille de l'Amour :
A ma faute, n'attache implacable vengeance,
Ma perfide ; elle peut sur toi tomber un jour !

Livré par tes dédains, mon meilleur moi se livre
Aux pires trahisons de mon limon pervers ;
Et mon âme promet à mon corps qui s'enivre
Un triomphe d'amour : que veut de plus la chair ?

Elle se dresse à ton nom cher et te désigne
Comme son seul trophée, et jouis d'obéir,
Fière, en l'âpre fierté d'être ton serf indigne,
Avec toi d'être droite, avec toi de fléchir !

Toujours j'appelle « Amour », ô conscience en lutte,
La femme à qui je dois ma grandeur et ma chute.

CLII

En t'aimant tu sais bien que je suis un parjure,
Mais toi, tu l'es deux fois qui te donnes à moi,
Qui peux trahir ton lit et, dernière souillure,
Accepter amour neuf, jurer nouvelle foi !

Mais pourquoi t'accuser de ta double traîtrise,
Quand vingt fois je fus traître ? Est-ce que tous mes vœux
Ne sont pas des serments hurlant ma convoitise ?
En ta nuit j'ai plongé mon honneur lumineux !

Car j'ai juré très haut de ta haute tendresse,
De ton amour constant et de ta passion !
J'illuminai mes yeux aveuglés de détresse
Pour t'inonder des feux de mon illusion !

Et j'ai juré de ta beauté, dernier blasphème
Contre la vérité, contre celle que j'aime !

CAHIERS DE LA QUINZAINE, 8, rue de la Sorbonne, rez-de-chaussée, Paris, cinquième arrondissement.

Nos Cahiers sont édités par des souscriptions mensuelles régulières et par des souscriptions extraordinaires ; la souscription ne confère aucune autorité sur la rédaction ni sur l'administration ; ces fonctions demeurent libres.

Nos Cahiers paraissent par séries ; une série paraît dans le temps d'une année scolaire, d'une année ouvrière, d'octobre-novembre à juin-juillet ; l'abonnement se prend pour une série.

On peut souscrire cet abonnement à tout moment de l'année, mais l'abonnement ainsi souscrit est, de droit, valable pour la série en cours.

Prix de l'abonnement, *pour chaque série annuelle pendant le cours de cette série :*

Abonnement ordinaire ....
{ Paris, départements, Alsace-Lorraine, Algérie, Tunisie.... **vingt francs**
Autres pays de l'Union postale universelle....... **vingt-cinq francs**

Abonnement sur whatman... **cent francs pour tous pays**

Les exemplaires sur whatman, tirage non réimposé, sont numérotés à la presse et imprimés au nom du souscripteur ; le tirage à part sur whatman a commencé de fonctionner au premier janvier 1906 ; les inscriptions pour cet abonnement particulier sont reçues en tout temps et reçoivent un numéro d'ordre déterminé automatiquement par le rang même qu'elles occupent dans l'ordre de l'arrivée, les numéros les plus bas venant naturellement aux premières inscriptions ; c'est ce numéro d'inscription qui devient automatiquement le numéro du tirage réservé à chacun des souscripteurs ; l'édition sur whatman est strictement limitée au nombre d'exemplaires à chaque instant souscrit.

*Pour tout changement d'adresse envoyer soixante
centimes, six timbres de dix centimes.*

*Nous engageons nos abonnés de certains pays à nous
demander un abonnement* recommandé ; *tous les cahiers
de l'abonnement recommandé sont empaquetés à part et
recommandés à la poste ; la recommandation postale,
comportant une transmission de signature, garantit le
destinataire contre certains abus ; pour cette recommandation, pour tous pays, en sus, cinq francs.*

*Automatiquement et sans augmentation de prix les
exemplaires sur whatman sont tous recommandés et
envoyés aux souscripteurs dans des enveloppes-sacs.*

L'abonnement ordinaire cesse de fonctionner pour
chaque série au plus tard le 31 décembre qui suit
l'achèvement de cette série ; ainsi jusqu'au 31 décembre
1906 on pouvait encore avoir pour vingt francs les dix-
neuf cahiers de la septième série complète.

A partir du premier janvier qui suit l'achèvement
d'une série, le prix de cette série est porté au moins
au total des prix marqués ; ainsi depuis le premier
janvier 1907 la septième série complète se vend quarante-
trois francs.

*Adresser à M. André Bourgeois, administrateur des
cahiers, 8, rue de la Sorbonne, rez-de-chaussée, Paris,
cinquième arrondissement, toute la correspondance
sans aucune exception. N'oublier pas d'indiquer dans la
correspondance le numéro de l'abonnement, comme il
est inscrit sur l'étiquette, avant le nom.* Nous ne répon-
dons pas des manuscrits qui nous sont envoyés ; nous
n'accordons aucun tour de faveur pour la lecture des
manuscrits ; nous ne lisons les manuscrits qu'à mesure
que nous en avons besoin ; les œuvres que nous publions
appartiennent aux cahiers, du seul fait de cette publi-
cation, en toute propriété littéraire, sans aucune réserve,
et sans autre signification ni contrat ; les manuscrits
non insérés ne sont pas rendus.

Garnier. — 6.

TABLE DE CE CAHIER

Nous avons donné le bon à tirer après corrections pour dix-sept cents exemplaires de ce quinzième cahier et pour quinze exemplaires sur whatman le mardi 26 mars 1907.

Le gérant : Charles Péguy

Ce cahier a été composé et tiré par des ouvriers syndiqués

Suresnes. — Imprimerie Ernest Payen, 23, rue Pierre-Dupont. — 1656